Ich esse!

101 Kolumnen mit Geschmack

EVA SCHLEGL

Ich esse!

101 Kolumnen mit Geschmack

Verlag: myMorawa von Morawa Lesezirkel GmbH
Druck und Bindung: myMorawa
Umschlaggestaltung: myMorawa
ISBN: 978-3-99070-795-1 (Paperback)
ISBN: 978-3-99070-796-8 (eBook)

Printed in Austria

Für Katja, meine Tochter. Du bist noch so jung und hast schon so viel gestemmt. Du bist unglaublich charakterstark und gleichzeitig herzerwärmend sensibel. Du bist engagiert, vertrauensvoll, einfühlend und durch und durch liebenswert. Du bist einfach super!

1

Vorwort

Dieses Buch ist zu 100 Prozent laktose-, glukose-, fruktose-, gluten- und histaminfrei. Es sind weder Spuren von Erdnüssen noch jene 14 Allergene enthalten, die auf Speisekarten ausgewiesen werden müssen.

Die Texte sind sorgfältig ausgewählt, aus kontrollierter biologischer und nachhaltiger Denkweise, gut bekömmlich und für jeden genießbar.

Also: Hauen Sie rein!

2

Gerne alles

Ich bin Omnivorin und ich stehe dazu. Bevor Sie eventuell falsche Schlüsse ziehen und mir etwas Unanständiges unterstellen wollen: Omnivoren sind nichts anderes als Allesesser. Das heißt, ich bin keine Flexitarierin (essen nur zwei- bis dreimal pro Jahr Fleisch), ich bin keine Vegetarierin (essen kein Fleisch, keinen Fisch und keine Meeresfrüchte), keine Ovo-Vegetarierin (verzichten zusätzlich auf Milchprodukte), keine Lacto-Vegetarierin (verzichten zusätzlich auf Eier). Ich bin auch keine Pescetarierin (essen kein Fleisch, dafür aber Fisch), keine Veganerin (lehnen alles ab, das tierischen Ursprungs ist), keine Freeganerin (verzehren nur selbst angebaute, geschenkte, gefundene oder von anderen weggeworfene Produkte) und auch keine Fruganerin (essen überhaupt nur Pflanzliches, das die Natur freiwillig hergibt, also zum Beispiel Fallobst und Nüsse).

Oder, wie es ein Bekannter von mir spöttisch formuliert: Als Fruganer darfst du nur die Pommes essen, die beim Mecki am Boden liegen.

3

Wenn der Herrgott schmunzelt

Ich mag es, wenn Gerichte lustige Namen haben, hinter denen sich eine lustige Geschichte verbirgt. „Herrgotts'bscheisserle“ sind so ein Gericht. Sie sollen angeblich von Mönchen erfunden worden sein, die sehr viel Fleisch geschenkt bekommen haben. Blöderweise in der Fastenzeit. Weil sie trotzdem nicht auf das Fleisch verzichten wollten, haben sie es zuerst fein faschiert, dann Spinat dazugegeben, damit die Masse nicht mehr als Fleisch erkennbar ist, und alles sicherheitshalber auch noch in kleine Teigtaschen (Maultaschen) gehüllt.

So sollte der liebe Herrgott nicht bemerken, dass sie in der Fastenzeit Fleisch auf den Tellern hatten.

Ich glaube, dass der Herrgott so etwas sehr wohl bemerkt, aber schmunzelt.

4

Gschisti-gschasti

Vor ein paar Jahren war es noch ein Klacks Freunde zum Essen einzuladen. Ein kurzer Anruf oder ein kurzes SMS hat genügt. Freitagabend, 19 Uhr bei mir, ich koche und freue mich auf euch!

Mittlerweile ist es kompliziert, wie ein SMS, das ich kürzlich erhalten habe, belegt: Würde euch Freitagabend 19 Uhr gerne bei mir zu Hause zum Essen einladen. Bitte um Bekanntgabe: Wer will was, bzw. was nicht? Wer isst kein Fleisch, wer nur vegan, wer hat Laktose-, Fruktose- oder sonstige Intoleranz? Wer hat andere Allergien? Würde bei Schönwetter gerne auf Terrasse decken, in meinem Garten stehen jedoch Pappeln (Pollengefahr!). Bio ist garantiert, habe auch histaminfreien Wein! Freue mich auf euch!

Liebe Lena, danke für dein SMS und deine Einladung. Ich komme natürlich gerne. Und was meine Wünsche anbelangt: nur keine Extrawurst, bitte.

5

Wirklich arm

Ich hatte das, was man hinlänglich „eine glückliche Kindheit" nennt. Ich bin in Judendorf, einem kleinen Ort im Norden von Graz aufgewachsen und konnte mich dort nach Herzenslust entfalten. Mit viel Auslauf und mit viel frischem Obst und Gemüse direkt aus unserem Garten.

Der Garten war das Reich meiner Mutter. Mutti hat sich um alles gekümmert, geerntet und zu Essen, Kompotten, Säften und Marmeladen weiterverarbeitet. Am Wochenende gab es Kuchen, je nach Saison mit Erdbeeren, Ribisel, Rhabarber, Zwetschken, Kirschen, Äpfeln etc. Einfach herrlich!

Als einmal zwei Mädchen einer betuchten Familie aus der Stadt auf Besuch waren, kredenzte ihnen meine Mutter auch einen Kuchen, der gerade frisch aus dem Backrohr gekommen war und die Küche in einen unvergleichlichen Duft hüllte. Aber die Stadtkinder schauten sich komisch an. Die Größere flüsterte der Kleineren schließlich ein wenig erschrocken ins Ohr: „Du, die sind sooo arm, die können nicht einmal Kuchen kaufen, die müssen ihn selber machen."

6

Exportkriterien

Ein Kaffeebauer aus Nicaragua hat mir auf seiner Finca erklärt, dass die geernteten Kaffeebohnen vor dem Verkauf in drei Qualitätsstufen eingeteilt werden. Die beste Qualität geht nach Europa, die mittlere in die USA und die schlechteste bleibt im Land.

Der Becher Kaffee vor mir bewies das eindrucksvoll. Umgeben von Kaffeepflanzen habe ich auf dieser Finca den schlechtesten Kaffee meines Lebens getrunken.

Die Japaner sind bei ihren Fischen anscheinend anders getaktet. „Und dieser Fisch“ lächelt ein Mann neben seinem Fang in die TV-Kamera, „ist nicht gut. Den essen wir nicht, der ist nur für den Export geeignet.“

7

Vom Speiseplan radiert

Wenn Kinder ihren Schulrucksack nach dem letzten Schultag in die Ecke pfeffern, wochenlang nicht mehr anrühren und einfach ihre Ferien genießen, dann ist das vollkommen in Ordnung. Wenn in der Schultasche allerdings die ganzen Sommerferien über ein Jausenbrot vor sich hin schimmelt, dann gibt es im Herbst eine böse Überraschung. Aus eigener Erfahrung gebe ich Ihnen nun folgenden, sehr hilfreichen Rat. Die Jausenbox mit dem verschimmelten Brot darin nicht aufmachen! Auf keinen Fall! Niemals! Nicht einen Millimeter! Man muss nicht alles im Leben gesehen haben!

Meine Tochter und ich haben es leider gesehen, was zu mittelschwerer Panik führte. Die Konsequenz: Alles raus aus dem Rucksack. ALLES. Und ab damit in den Restmüll. Auch der komische Radiergummi ganz unten am Boden. Ein grau-brauner, steinhart.

„Du-u, Mama, ich glaube, das ist gar kein Radiergummi", sagt meine Tochter und begutachtet das Ding in ihrer Hand von allen Seiten. „Du-u-u, Mama, ich glaube, das war einmal ein Chicken-Nugget."

War es auch. Acht Wochen alt, kein bisschen Schimmel, sondern einfach nur zusammengetrocknet. In dieser Sekunde hat meine Tochter beschlossen, künftig die Finger von Fast Food zu lassen.

In den Ferien etwas fürs Leben gelernt.

8

[ˈsmuːðiː]

Im Fernsehen läuft ein Beitrag über Smoothies: Warum diese Obst- und Gemüsesäfte so einen Hype erleben, ob sie wirklich so gesund sind, ob die Vitamine trotz Mixens erhalten bleiben und so weiter und so fort.

Eh spannend. Aber die einzige und wahrhaftige Frage wurde leider nicht beantwortet, nämlich: Wie spricht man dieses verdammte „Smoothie“ aus? Ich scheitere immer kläglich und muss über mich selber lachen, wenn ich mich daran versuche. Am ehesten bekomme ich ein „Smusi“ hin, was wirklich peinlich klingt. Aber die Ernährungsexpertin, der Chemiker im Labor, eine Konsumentin und die Gestalterin des TV-Beitrages haben es auch nicht besser artikuliert.

Was bleibt ist die Erkenntnis: Smoothies kann man trinken, aber sonst sollten sie einem nicht über die Lippen kommen.

9

Das neue 1x1 des Grillens

Hiiieelfe... beim Eingang meines Baumarktes steht ein kleines Krematorium. Ach so, doch nicht, es ist nur ein riesiger Smoker/Griller.

Nach dem ersten Schock schaue ich mir das Teil genauer an. Unglaublich, was heutzutage an Grillgeräten geboten wird. Das gute Ding kostet mehrere Tausend Euro.

Daneben stehen ein paar „kleinere", die schon um „günstige" 600 bis 900 Euro zu haben sind.

Dazu gibt es spezielle Grillkohle, spezielle Anzünder und spezielles Grillbesteck. Hat natürlich alles seinen Preis. Aber egal, Qualität kostet eben. Und außerdem: Das spart sich leicht wieder ein mit dem 1-Euro-Fleisch, das dann draufgeschmissen wird.

10

Die neue Trennkost

Ferrero hat vor einigen Jahren Überraschungseier speziell für Mädchen auf den Markt gebracht. Sehr verzichtbar, aber wenn das Schule macht haben wir in den Supermärkten vielleicht bald ganz gezielt Lebensmittel für Männer und Lebensmittel für Frauen.

Zum Beispiel die Grillwurst für den Mann und das Grillwürsterl für die Frau. Ich spinne diesen Gedanken kurz weiter: Die Männerbratwurst müsste natürlich deftig und kräftig gewürzt sein, die für die Frau mager und zart und vielleicht mit kleinen Gemüsestücken darin. Auf der Verpackung der Männerbratwürste könnte sich eine feurige, langhaarige Latina räkeln. Eventuell sogar mit kleinen aufgemalten roten Teufelshörnern. Die Verpackung der Frauenbratwürste müsste im Gegenzug (Gleichbehandlung!) einen lasziv blickenden Mann mit Waschbrettbauch zeigen. Und die Wurst für die Frau sollte natürlich kleiner, dafür aber teurer sein.

Und jetzt, Überraschung?! Die spezielle Männer- und Frauenbratwurst gibt es natürlich längst. Ein deutscher Lebensmittelkonzern hat sie im Regal.

Ist allerdings nichts für mich. Trennkost hat mich noch nie interessiert.

11

Guinness-Rekord

Um ihre Identität zu schützen nenne ich sie einfach Susi. Susi war mit ihrem Mann in Irland und in Dublin und in einem Pub. Dort soff Susi so viel Guinness, dass sie es damit fast ins Guinness schaffte.

Der nächste Tag war für Susi nicht einfach. Dennoch gelang es ihr, den Daheimgebliebenen ein SMS zu schicken. Das SMS lautete: „Meine Lieben! Ich muss euch leider mitteilen, dass das Leben ein bisschen ungerecht ist. Obwohl ich gestern ausreichend Flüssigkeit zu mir genommen habe, bin ich heute nicht schön."

12

ACDC zu Mittag

Das rockt: Vergangene Woche habe ich gegessen (Hauptspeisen zu Mittag):

Montag: ACG

Dienstag: AFGL

Mittwoch: ACDC

Donnerstag: DLM

Freitag: ABCD

Samstag: ACLM

Sonntag: ALMO

Am besten war ACLM.

13

Urlaubsfotos 2.0

Smartphones machen es möglich: Täglich werden Abermillionen Fotos geschossen, gefühlte 99 Prozent davon vollkommen unnötig und noch einmal gefühlte 99 Prozent davon mit Essen darauf.

Selbst im Urlaub können sich viele dem Zwang, ihr Essen zuerst zu fotografieren und erst dann zu verzehren, nicht entziehen. Schlimmer noch. Das Essen rückt derart in den Fokus, dass es sogar die Wahrzeichen dieser Welt verdrängt. Auf den Urlaubsfotos finden sich mexikanische Burritos statt Sombreros, amerikanische Donuts statt Freiheitsstatue und indisches Mango Lassi statt Taj Mahal.

Auf Österreich umgelegt: Das Wiener Schnitzel ist das neue Riesenrad.

14

Zündstoff

Mein Vater hätte auf die Schnelle eine neue Zündkerze für seinen Rasenmäher gebraucht, also ist er zur nächsten Tankstelle gefahren. „Eine Zündkerze? Also eine Zündkerze haben wir wirklich nicht!“ sagte ihm die Tankstellenangestellte.

Aber eine frische Leberkäsesemmel hätte mein Vater haben können. Oder Chips und Popcorn. Auch Schokolade, Eis und Kekse. Nudeln, Milch, Reis und Brot sowieso. Und unterschiedlichste Joghurts. Natürlich auch Zeitschriften, Feuerzeuge und Zigaretten. Lesebrillen, Bier und Softdrinks waren auch reichlich da. Sogar Crushed Ice hätte es gegeben.

Aber eine Zündkerze? Also nein, eine Zündkerze wirklich nicht.

15

Rettet Rucola die Welt? Leider nein!

„Seit es keine Schrebergärten mehr gibt, in denen die Leute selber ihren Salat anpflanzen können, werden sie immer depperter.“ Mit diesem schönen Satz hat ein Bekannter von mir vor vielen Jahren den Status quo der Menschheit beschrieben.

Was damals niemand ahnen konnte: Schrebergärten, Selber-Salat-Anbauen und Gemüse-am-Balkon-Ziehen boomen wie nie zuvor. Aber ein einfacher Blick in die Zeitung zeigt leider: Die Menschheit ist depperter denn je zuvor.

16

Die Bosheit wird durch Tat erst ganz gestaltet

Der „Mohr im Hemd“ spaltet die Nation. Für die einen ist er einfach nur eine beliebte österreichische Süßspeise, für die anderen ein Gericht mit heftigem rassistischen Beigeschmack.

Zum einen: Ich habe in meiner Kindheit „Negerbrot“ gegessen und bin keine Rassistin geworden.

Zum anderen: Ich bin für politisch korrekte Bezeichnungen und lehne jegliche Form von Diskriminierung ab.

Deshalb schlage ich mich auf die Seite der Kritiker und plädiere für „Schokokuchen mit Schlag“.

Da bricht nicht einmal Othello ein Zacken aus der Feldherrenkrone.

17

Fetter Patzer

Am Kaiser-Josef-Platz in Graz gibt es vormittags einen großen Bauernmarkt mit vielen Produkten aus der Region. Da kann man zwischen saisonalem Obst und Gemüse, Brot, Blumen, Fisch und Fleisch flanieren und kaufen. Meistens kommt man mit mehr nach Hause als man sich vorgenommen hat.

Der Markt ist aber auch ein Platz zum Schauen und Beobachten und bietet immer wieder Überraschendes. Letztens bin ich schon aus der Ferne auf einen Stand aufmerksam geworden, bei dem auf einem schlichten Stück Karton in krakeliger Handschrift zu lesen war: „Frische Kramel“. Mein Interesse war sofort geweckt. Kramel? Noch nie gehört. Je näher ich kam, desto breiter wurde mein Grinsen, denn die Kramel waren Grammeln. Also jene kleinen Schweinespeckwürfel ohne Schwarte und Fleisch, die durch Auslassen in der Pfanne knusprig und g‘schmackig werden.

Ich habe ein Becherl voll gekauft. Es ist schön, dass es noch Menschen gibt, die so etwas in hervorragender Qualität herstellen. Und wenn sie es dann Kramel statt Grammeln nennen, soll‘s mir auch recht sein.

18

Gluten-Geld

Gitti und Gluten vertragen sich nicht. Gitti ist eine sehr gute Freundin von mir, Gluten ein Stoff, der in Getreide vorkommt. Gitti hat Zöliakie. Ihr Körper kann Gluten nicht richtig verarbeiten. Wenn Gitti kein Gluten zu sich nimmt, ist alles gut.

Damit Gitti Brot, Nudeln, Mehlspeisen usw. essen kann, gibt es diese Produkte auch glutenfrei. Sie sind aber um ein Vielfaches teurer als die herkömmlichen.

Ich glaube, die Lebensmittelindustrie macht damit richtig viel Geld und ist noch lange nicht satt. Denn immer öfter fällt mir auf, dass mit Bezeichnungen wie „glutenfrei" oder auch „laktosefrei" sehr aggressiv geworben wird. So, als ob es sich dabei um ein Gesundheitssiegel handelt.

Glutenfreie Produkte kann jeder essen. Aber wer keine Zöliakie hat, dem helfen sie nicht. Glutenfrei hat nichts mit gesunder Ernährung zu tun. Es ist einfach ein Werbeschmäh, der Nicht-Zöliakie-Betroffenen das Geld aus dem Börsel zieht.

19

Was man wissen muss

Als gebürtige und gelernte Steirerin kommt auf meinen Salat Kürbiskernöl. Das ist eine steirische Spezialität. Es ist ein Öl aus gerösteten und gepressten Kürbiskernen. Dickflüssig und dunkel. „Schwarzes Gold“ nennen wir Steirer stolz unser Öl.

Wenn man Kürbiskernöl an ausländische Freunde verschenkt, dann sollte man jedoch keinesfalls vergessen ganz klar zu kommunizieren, dass es sich dabei um ein Salatöl handelt. Ansonsten bekommt man irgendwann folgendes Mail:

Liebe Eva,

danke für das Kürbiskernöl, das du uns mitgebracht hast. Wir haben es gestern erstmals verwendet. Es ist sicher sehr gut, aber es raucht beim Erhitzen schon stark und färbt das Fleisch ziemlich grau...

20

Dunkelschwarz

In Österreich gibt es prickelndes und stilles Mineralwasser. Die Hamburger sagen laut und leise dazu. Das ist lieb. Die Italiener haben con gas und senza gas und genau so eines, nämlich eines „senza gas“, habe ich an einem heißen Sommertag in einem Gastgarten in Venedig bestellt. Ich muss noch erwähnen: Es war im jüdischen Viertel und in einem jüdischen Restaurant. Der junge Kellner quittierte meine Bestellung mit einem „Daumen hoch“ und erklärte mir auf meinen fragenden, verständnislosen Blick hin breit grinsend: „Senza gas ist gut. Weil Gas, das haben wir Juden nicht so gerne.“

Schluck.

Schwarzer Humor. Dunkelschwarzer.

21

Please peace, aber...

Die Frau im Zugabteil liest in einem Buch. Das Buch heißt „Peace Food“ und ich kann mir absolut nicht vorstellen, was darin stehen soll.

Wie man den Weltfrieden herbei isst? Wie bestimmte Lebensmittel Frieden in Syrien schaffen und den IS in die Knie zwingen? Wie Recep Tayyip Erdoğan oder Donald Trump nach der Lektüre des Buches zur Vernunft kommen? Wie sich alle Menschen dieser Welt nach dem Verzehr eines darin beschriebenen Gerichtes in die Arme fallen und nie mehr, wirklich nie mehr, böse zueinander sind?

Ich schaue im Internet nach und erfahre, dass „Peace Food“ ein Buch von Rüdiger Dahlke ist. Aus seiner Sicht enthält unsere Nahrung zu viel Totes und macht deshalb unglücklich. Alles klar, mehr muss ich nicht wissen, ist mir zu „essoterisch“.

22

Wild Cooking

In meinem Freundeskreis haben wir vor einigen Jahren etwas eingeführt, das wir „Wild Cooking“ nennen. Wild Cooking ist super und ganz einfach: Wir (vier Familien) treffen uns im wunderschönen Haus von Gitti und Reini und dann wird gekocht. Jede Familie ist für einen Gang zuständig. Das heißt: Eine Familie macht die Vorspeise, eine die Suppe, eine die Hauptspeise und eine das Dessert, wobei wir natürlich bei jedem Treffen durchwechseln, damit alles gerecht verteilt ist.

Früher haben auch unsere Kinder mitgekocht, mittlerweile sind diese aber erwachsen und köcheln ihre eigenen Suppen. Wir Eltern sind geblieben, legen uns voll ins Zeug und haben Spaß. Nachahmung empfohlen!

23

Tante, wo bleiben die Mocca-Löffel?

Ich habe ein Benimm-Buch aus dem Jahr 1957. Es heißt „Der gute Ton auch heute – Erfolg im Leben“ und ist köstlich. Das Buch führt durch alle erdenklichen und nicht erdenklichen Lebenslagen und widmet in der Rubrik „Wir haben Gäste“ sogar dem schwarzen Kaffee ein eigenes Kapitel.

Demzufolge gilt: Schwarzer Kaffee wird niemals auf dem großen Speisezimmertisch, sondern an kleinen Tischen, bzw. in der Sitzecke eingenommen. Man sitzt hiebei nicht auf Sesseln, sondern bequem in Polstermöbeln. Ist ein mittelgroßer Tisch – etwa ein Meter im Geviert – vorhanden, umso besser. Für den schwarzen Kaffee braucht unsere junge Hausfrau Mocca-Schalen. Die jüngst auftretende Mode, Tässchen verschiedener Farben und Formen (Sammeltassen) zu verwenden, ist hübsch. Besitzt man aber ein einheitliches Service, so ist das natürlich auch in Ordnung. Kleine Mocca-Löffelchen sind unerlässlich! Wer keine besitzt, der lade zum schwarzen Kaffee erst dann Gäste ein, wenn ihn irgendeine brave Tante damit zu Weihnachten beschenkt hat...

24

Street Food

Irgendwo in Nicaragua, auf einer Landstraße zwischen Managua und Tipitapa, haben Einheimische Fleisch am Straßenrand gebraten und aus einem zusammengerosteten Bus heraus verkauft. Wir sind stehen geblieben, haben uns jeder ein Cola und einen Spieß bestellt, denn wir waren jung und kannten keine Gefahr.

Ein erstes Schnuppern am Fleisch hat mich dann aber doch etwas vorsichtig gemacht. Das zweite Schnuppern noch mehr und nach dem dritten Schnuppern war klar: Gutes Fleisch riecht anders.

Ein abgemagerter, räudiger Hund beobachtete mich mit starrem Blick. Bitte, kannst du gerne haben, sagte ich zu dem Hund und hielt ihm den Spieß vor die Schnauze. Der Hund hat auch geschnuppert, aber nur einmal, daraufhin den Schwanz eingezogen und sich hinter den nächsten Busch vertrollt.

Ich glaube, es war damals die richtige Entscheidung, diesen Spieß nicht zu (fr)essen.

25

Ich sehe rot

In Graz hat ein neues Lokal eröffnet. Es ist so, wie jetzt alle neu eröffneten Lokale sind. Ein bisserl Beton, ein bisserl Holz, ein bisserl Glas. Auf der Karte steht ein bisserl Steirisches, ein bisserl Veganes, ein bisserl Asiatisches. „Hipster-Scheiße“ sagen jene dazu, die von dieser Art Lokal und Küche schon gesättigt sind.

Mir wird es langsam auch zu viel. Natürlich mag ich handgeschnitzte Pommes mit hausgemachter Mayonnaise. Aber ich will auch Ketchup, wenn ich danach frage und nicht Tomaten-Chutney, das mir der Kellner stattdessen an den Tisch bringt.

Weil Ketchup ist Ketchup! Und damit meine ich gutes, altes Industrie-Chemie-Ketchup mit viel Zucker, Geschmacksverstärker und Konservierungsstoffen. Das bin ich seit mehr als 40 Jahren gewohnt und darauf will ich nicht verzichten. Gibt es eh (wieder) in der Glasflasche, was hipstermäßig genug sein sollte. Das Tomaten-Chutney kann der Koch seiner Oma oder sonst wem schenken. Ich brauche es nicht.

Nicht wahr – Heinz?

26

Wenn alle Heiligen nicht mehr helfen

Ich gehöre keiner Glaubensgemeinschaft an und bin nicht religiös. Aber das geht zu weit! Am 31. Oktober hat eine Nachrichtenmoderatorin bei der Verabschiedung mit folgenden Worten auf den nächsten Tag, also den 1. November, verwiesen: „Morgen ist Welt-Vegan-Tag. Und auch Allerheiligen."

27

Fünf Bier, bitte!

Folgende Geschichte ist in den Social-Media-Kanälen zum Hit geworden. Ich gebe sie verkürzt wieder:

Fünf Männer in einem Lokal bedeutet: „Fünf Bier, bitte!"

Fünf Frauen in einem Lokal bedeutet: „Für mich bitte ein Glas Sekt mit frisch gepresstem Orangensaft. Frisch gepressten Orangensaft haben sie nicht? Nein, dann nehme ich keinen Sekt. Dann bringen sie mir bitte ein Glas Prosecco. Oder nein, doch lieber Sekt, aber pur."

„Ich nehme ein Cola Zero. Oder haben sie auch Maracujasaft? Light?"

„Ich nehme... ich weiß nicht, was ich nehmen soll... hmmm... ich muss in die Karte schauen..."

„Was trinkst denn du?"

„Einen Apfelsaft gespritzt? Ja, den nehme ich auch. Aber bitte ganz wenig Apfelsaft und mit Leitungswasser."

„Für mich bitte auch ein Glas Prosecco. Mit frisch gepresstem Orangensaft. Ach ja, den haben sie nicht, ja... dann nehme ich... ich weiß jetzt nicht... ich muss noch kurz schauen..."

Es ist zum Weinen, weil leider wahr.

28

Die spinnen, die Briten! Und die EUropäer auch!

Diese Briten! Zuerst der Brexit und jetzt auch noch das: Manche Briten lehnen die 5-Pfund-Note ab, denn diese Banknote besteht zu einem winzigen Anteil aus tierischem Fett, was sie haltbarer und reißfester macht. Für Veganer und Vegetarier ist das nicht akzeptabel, sie steigen auf die Barrikaden.

Wären die Briten in der EU geblieben und hätten sie – so wie eigentlich üblich – den Euro eingeführt, wäre das jetzt alles kein Thema, denn Euro-Scheine sind zu 100 Prozent vegan. Sie bestehen aus Baumwollfasern.

Also alles gut, denken sich EU-Menschen wie ich – und irren gewaltig. Manche Europäer bekritteln nämlich, dass für die Produktion der Euro-Scheine Baumwollreste aus der Textilindustrie und nicht Bio-Fairtrade-Baumwolle verwendet wird...

29

Frage an Sam

Firmen-Weihnachtsfeiern sind meistens sehr lustig, dauern bis in die frühen Morgenstunden und sorgen auch noch Wochen danach für Gesprächsstoff in der Kollegenschaft. Ich bin ein EPU, also ein Ein-Personen-Unternehmen. Damit fällt meine Weihnachtsfeier flach.

Oder auch nicht, denn ich überlege mir, groß ins Weihnachtsfeier-Geschäft einzusteigen.

Den Anstoß dazu gab Sam. Sam ist ein lieber Bekannter von mir und ebenfalls ein EPU. Er postete voriges Jahr im Dezember ein Foto von sich vor einem Adventkranz und mit einer Flasche Bier in der Hand. Der Text dazu: EPU-Weihnachtsfeier.

Wir sollten heuer eine Riesensause für alle EPU auf die Beine stellen. Sam, was sagst du dazu?

30

Männerwirtschaft

Jamie Oliver, Tim Mälzer, Reinhard Gerer, Johannes Lafer, Horst Lichter, Tim Raue, Konstantin Filippou, Martin Baudrexel, Frank Öhler, Alfons Schuhbeck, Christian Rach, Seji Yamamoto, Toni Mörwald, René Redzepi, Ralf Zacherl, Eckart Witzigmann, Heston Blumenthal, Andreas Schweiger, Oliver Hoffinger, Joan Roca, Stefan Marquard, Juan Amador, Christian Bau, Paul Bocuse, Heinz Reitbauer sen., Heinz Reitbauer jun., Heinz Hanner, Steffen Henssler, Gordon Ramsay, Walter Eselböck, Mario Kotaska, Alfred Biolek, Ole Plogstedt, Frank Rosin, Mike Süsser, Ferran Adrià, Andreas C. Studer, Mirko Reeh, Andi Wojta, Alex Fankhauser etc., pp.

Und wo, bitte, sind die Frauen?

Zu Hause? Am Herd? *

*Auflösung auf der nächsten Seite.

31

Da haben wir den Salat

Gestern habe ich mir im deutschen TV „Kitchen Impossible“ mit Tim Mälzer reingezogen und ich muss sagen: Chapeau, lieber Tim und ein großes Danke! Tim Mälzer hat nämlich ganz offen gesagt: „Ich glaube, dass Frauen besser kochen als Männer. Aber sie verkaufen es schlechter. Wenn ich im Fernsehen einen Kartoffelsalat zubereite, dann präsentiere ich ihn als deutsche Kulturgeschichte, als Offenbarung. Bei Frauen ist es einfach nur Kartoffelsalat.“

So einfach kann man das Ungleichgewicht von Männern und Frauen in Top-Positionen erklären.

32

So sinnlos

Von Rauchern weiß ich, dass sie für eine Zigarette meilenweit gehen. Da kann es draußen stürmen und schneien und 2 Uhr in der Nacht sein, der Weg zum nächsten Zigarettenautomaten ist nie zu lange und beschwerlich.

Umso lustiger finde ich es, dass auf manchen Zigarettenautomaten in riesigen Lettern zu lesen ist: „Hören Sie zu rauchen auf! Jetzt!“

Wirkt ganz sicher.

33

Reality-Köche

„Wer nichts wird, wird Wirt“ heißt ein Sprichwort, das natürlich sehr böse ist.

Obwohl: Wenn ich mir im deutschen Privatfernsehen diverse Sendungen ansehe, in denen Promiköche ausrücken, um Wirten zu helfen...

Da kommen reihenweise ungelernte Köche vor, die ihre (vereinzelten) Gäste mit Tiefkühl- und Fertigware abspeisen, die keinen Schimmer von Wareneinsatz und Preiskalkulation haben, die ein Lokal betreiben, das so grindig und schluderig ist wie sie selber, die sich in unvorstellbare Pachtverträge hineinunterschrieben haben und denen jeglicher Hausverstand fehlt.

Wenn ich so eine Sendung sehe, dann flehe ich immer inständig: Bitte, liebe TV-Macher, lasst das alles von A bis Z erfunden sein. Bitte!

Ich fürchte nur, es ist Realität.

34

Massgebende Bayern

In der Steiermark bestellen Biertrinker je nach Durst ein großes oder ein kleines Bier. In manchen Teilen Österreichs ist auch das Seidel, Seitl bzw. Seiterl (etwa 0,3 Liter) gängig. In Bayern hingegen regiert die Mass (1 Liter) und sonst nichts, wie Helmuth feststellen musste.

Nach einem ausgiebigen und erfreulichen Stadtbummel durch München wollte er den lauen Nachmittag in einem typischen Biergarten ausklingen lassen und spürte schon den ersten kühlen Schluck wohlig und wonnig durch seine Kehle rinnen. Doch es kam anders.

Helmuth bestellte zwar frohgemut „Ein kleines Bier, bitte“ musste aber zusehen, wie der Kellner sein zuvor gezücktes mobiles Funkbonier-Gerät betont auffällig zurück in die Halterung steckte, sich umdrehte, Richtung nächsten Tisch ging und gelangweilt über die Schultern hinweg an den verdutzten Helmuth richtete: „Kommst wieder, wennst an Durscht hast!“

35

BPB: Bio-Plastik-Broccoli

Ich weiß. Wer in einem Supermarkt Obst und Gemüse einkauft, ist selber schuld. Obst und Gemüse sollte sich jeder, der keinen eigenen Garten hat, am Bauernmarkt, beim Ab-Hof-Verkauf, im Bioladen, mittels wöchentlich zugestelltem Gemüsekisterl etc. besorgen.

Es gibt wirklich genug Möglichkeiten frische, regionale und qualitativ hochwertige Ware zu erstehen. Aber manchmal bin ich einfach zu faul und greife gleich im Supermarkt zu.

Zum Beispiel zu Bio-Broccoli, um mich zu Hause dann maßlos zu ärgern, weil der Broccoli mit drei Meter Plastikfolie umwickelt ist. Ein Bio-Produkt und dann so viel Plastik. Warum? WARUM?

36

Nach Art des Hauses

In der Wachau gibt es viele Marillen und die schmecken ausgezeichnet. Das ist so, weil die Marillen direkt dort wachsen und auch reifen. Wer im Juli, also zur Erntezeit, in der Wachau ist, kann die Marillen süß und saftig genießen. Zum Beispiel in der wunderschönen Stadt Krems mit ihrer entzückenden Altstadt. Oder in den beschaulichen Ortschaften Dürnstein und Spitz, die bei einer gemütlichen Schifffahrt auf der schönen blauen Donau angesteuert werden.

Marillen und Marillenmarmelade, Marillenschnaps, Marillenlikör und Marilleneis sind ständige und ausgezeichnete Begleiter. Während der Marillensaison zwei, drei Tage in der Wachau zu verbringen ist eine tolle Sache.

Nur die Marillenknödel haben mich leider enttäuscht. Sorry, liebe Wachauer, aber die schmecken bei meiner Mutter einfach besser.

37

Gut gegackert

„Das Fest des Huhnes“ ist ein Film von Walter Wippersberg aus dem Jahr 1992. Hat also schon ein paar Jahre auf dem Buckel, ist aber noch immer topaktuell.

Unter anderem wird erklärt, warum wir uns gerne in riesigen Zelten zusammenraufen und dort Grillhendl, Bier und Vogerltanz frönen.

Uns Österreichern (Weißen) wird in diesem Film auf äußerst humorige Weise der Spiegel vorgehalten und gezeigt, wie schnell man von Menschen aus einer anderen Kultur ganz falsch gesehen werden kann.

Der Film ist eine gelungene Satire. Und wie jede Satire im Kern durch und durch wahr.

Gibt es auf YouTube.

38

Tochter-Mutter-Gespräch

Eine Umfrage zwischen meiner Tochter und mir hat ergeben, dass 50 Prozent der befragten Personen gegen den Besuch von Fast-Food-Ketten sind.

„Du bist alt genug, du solltest wirklich wissen, dass das nicht gesund für dich ist!"

„Aber ich gehe so selten hin. Meine Güte, diese drei-, viermal pro Jahr können wirklich nicht schaden."

„Nein, du gehst da jetzt einfach nicht mehr hin! Auch drei- oder viermal pro Jahr sind zu viel!"

„Aber alle anderen Mütter dürfen hingehen. ALLE, nur ich nicht. Du bist so was von gemein!"

39

Möwenpick

Mit Möwen ist nicht gut Kirschen essen – und Donuts auch nicht. Das weiß ich seit einem Spaziergang in New York. Ich habe am Kai beim Battery Park, das ist dort, wo man zur Freiheitsstatue übersetzen kann, die frische Meeresluft und einen Donut genossen, als plötzlich zwei Möwen auf Augenhöhe vor mir in der Luft standen.

Sie wollten nicht „Hallo" sagen, sie wollten meinen Donut. Weil ich ein unglaublich lieber Mensch bin, habe ich ein wirklich großes Stück vom Donut abgerissen und es den Möwen seitlich auf den Pier geworfen. Die eine Möwe ist schnurstracks darauf zugeflogen, die andere schnurstracks auf meine Hand.

Das Nächste, das passierte, war großer Schmerz: Möwen haben dicke, feste Schnäbel und wenn sie damit zuhacken, dann tut das richtig weh. Mein Donut (ein guter mit Schokoglasur) war weg und entschwebte mit der Möwe in den New Yorker Nachmittagshimmel.

Seither bin ich gewarnt. Egal ob in Kroatien, Venedig, Spanien, Hamburg oder sonst wo. Ich habe euch im Auge, ihr ... diebischen Elstern!

40

Nudelträger

Farfalle, Makkaroni, Linguine, Spaghetti, Ravioli, Trenette, Fusilli, Fettuccine, Ruote, Gemelli, Vermicelli, Penne, Bucatini, Pipe, Rigatoni, Cannelloni, Cannolicchi, Tagliatelle, Gobbetti, Capelletti, Lumache, Pastini, Tripoline, Cavatellucci, Barbine, Pappardelle, Bavette, Anellini, Ditalini, Lumachine, Quadretti, Orechiette und sicher noch 100 andere.

Es ist unglaublich, wie viele unterschiedliche Teigwaren es gibt.

Da kann sich die Verkäuferin mit nichtdeutscher Muttersprache im Modegeschäft schon einmal vertun und ein „Kleid mit Nudelträger" (statt Kleid mit Spaghettiträger) anpreisen.

41

Softe Entscheidung

Die Vitrinen in den Eisgeschäften werden immer größer. Wobei das kein Wunder ist, denn neben den Klassikern Erdbeere, Vanille und Schoko müssen immer mehr Exoten Platz finden. Es gibt Eis mit Kren oder Kernöl, Eis mit Safran, Ingwer oder Rosmarin, Ziegenkäseeis, Gurkeneis, Spargeleis und was weiß ich noch alles. Ein paar dieser Sorten habe ich probiert. Ja, eh. Aus meiner Sicht ein netter Gag, mehr nicht.

Ich stehe auf Softeis, also auf jenes Eis, das aus einer Maschine runtergelassen wird. Früher habe ich es beim Leitner in Judendorf genossen, jetzt beim Wurm in Gleisdorf. Da gibt es ein, zwei Tage lang Vanille-Erdbeere und dann ein, zwei Tage Vanille-Schoko. Mehr Auswahl ist nicht. Cool.

42

Menschliche Schieflage

Auf einer Waldlichtung in Niederösterreich haben zwei Männer 15.000 (!) Krapfen verbrannt, die bei einer Veranstaltung übriggeblieben sind. Diese Meldung war in allen heimischen Medien zu lesen.

Bei den Postings dazu war sich die Internet-Community lange Zeit überraschend einig. Der Tenor der verfassten Kommentare: Wie kann man das nur tun. Richtig. Wie kann man nur.

Aber dann schrieb jemand: „Das Flüchtlingslager Traiskirchen ist nur wenige Kilometer entfernt. Mit den Krapfen hätte man den Asylwerbern eine kleine Freude bereiten können." Die Antwort eines anderen Posters (in druckbaren Worten und sehr entschärft zusammengefasst): „Die Kinder in den Schulen und Kindergärten der Umgebung hätten sich sicher auch sehr gefreut. Aber natürlich sollen die Krapfen zu den Flüchtlingen. Was sollen die Flüchtlinge denn noch alles bekommen?"

Es lässt sich nicht mehr leugnen: Irgendetwas läuft in unserer Gesellschaft vollkommen schief.

43

Acht Meter Joghurt

Der riesige Supermarkt beim Grazer Hauptbahnhof hat seinen Standort verlegt. Er ist einige Hundert Meter weiter in die Annenstraße gezogen. Wenige Tage vor der endgültigen Schließung war ich zufällig dort, weil ich schnell Milch, Joghurt und Käse gebraucht habe. Am Eingang informierten große Plakate über die bevorstehende Schließung, den neuen Standort und auch darüber, dass ein Großteil des Sortiments abverkauft wird und deshalb viele Produkte um 30, 50 oder mehr Prozente billiger sind. Drinnen traf mich dann fast der Schlag. Ich spürte Panik in mir aufkommen. Erst nach und nach konnte ich das, was ich sah, einordnen und auch verarbeiten.

Denn die Regale des Marktes waren zum Teil vollkommen leer, schätzungsweise gab es nur noch die Hälfte des üblichen Warenangebotes. Das heißt: Statt acht Meter Joghurt nur noch vier Meter Joghurt. Statt geschätzten 500 unterschiedlichen Käseprodukten nur noch 250 und statt 400 Liter Milch vielleicht gerade noch 100 oder 200 Liter.

Natürlich reicht das und ist noch immer mehr als genug. Aber wir Schlaraffenland-Bewohner sind das nicht gewohnt. Bei mir haben die vielen leeren Regale im ersten Augenblick wirklich die Angst ausgelöst, „nichts“ mehr zu bekommen. Das hat mir zu denken gegeben.

44

Brot-Zeit

Momentan ist es in manchen Kreisen voll in, sein Brot selber zu machen. Auch den Sauerteig, den man für die meisten Sorten benötigt.

„Das ist echt keine Hexerei“ schwärmt eine Freundin von mir einer anderen vor und fängt voll motiviert zu erklären an: „Du brauchst nur 100g Roggenmehl und 100ml Wasser zu mischen. Das lässt du dann 24 Stunden stehen und dann tust du vier Tage lang jeden Tag jeweils 50g Mehl und 50ml Wasser dazu. Wenn du in dein Smartphone eine Erinnerung eingibst, vergisst du es auch garantiert nicht.“

„Aha“ erwidert die andere Freundin wenig begeistert und führt aus: „Ich habe zwei Kinder, einen Mann und einen Job. Ich weiß nicht, ob ich da auch noch mein Brot gießen will, wenn es mich ruft.“

45

Google ist genial

Google ist genial, das muss jetzt wirklich einmal gesagt werden! Man kann noch so schräge Fragen eingeben, Google liefert Antworten.

Zum Beispiel: Warum sind Geschirrtücher fast immer kariert? Die ausgespuckten Antworten:

Man sagt, der Erfinder eben jener Handtücher sei von Beruf Archäologe gewesen. Da er auch in seiner Freizeit nicht auf seine Arbeit verzichten mochte, malte er ein Koordinatensystem auf seine Geschirrtücher. Jedem Fleck seine Koordinate.

Es hat etwas mit der Bindung zu tun. Die Bindung, die man bei den meisten Tüchern sieht, ist eine Leinwandbindung (Schachbrettbindung kann man auch sagen). Und da man eh so eine Bindung machen muss, kann man sie ja auch zweifärbig machen, um das Geschirrtuch freundlicher zu gestalten.

Vielleicht ist die Erfindung des Geschirrtuches ursprünglich aus Schottland und die wurden aus alten Kleidungsstücken gemacht.

Wenn man vor lauter Dreck die Kästchen nicht mehr sieht, muss es in die Wäsche.

Danke, Google!

46

Vom richtigen Zeitpunkt

Obst aus dem Supermarkt ist zuerst unreif und dann faul.

Die 20 Minuten dazwischen muss man erwischen.

47

Zweimal Verhackert

„Unter Verhackert versteht man einen Brotaufstrich aus geräuchertem Speck. Ursprünglich wurde der Speck gehackt, heute werden Speck und Selchspeck zusammen mit Zwiebeln und Knoblauch, selten auch mit Majoran und Kümmel, in einem Fleischwolf faschiert. Verhackert gilt besonders in der Steiermark und in Kärnten als deftige Spezialität und ist Bestandteil der Brettljause." Mit diesen Sätzen wird Verhackert in einer offiziellen Broschüre des österreichischen Ministeriums für Landwirtschaft beschrieben.

Und das sagte mir ein Bekannter aus Spanien, nachdem er erstmals in seinem Leben in ein Verhackertbrot gebissen hatte. „Mhhh ... gut ... Fett mit Geschmack."

Beide haben recht!

48

Mit der Zeit gehen

Selbst Sprichwörter entwickeln sich weiter. Zuerst hieß es „Wein, Weib und Gesang“, dann „Sex, Drugs and Rock’n‘Roll“ und nun „Laktoseintoleranz, Veganismus und Helene Fischer“.

Gefällt!

49

Zum Wegwischen

„Vergiss nicht zu trinken, Schatz!“ Wer krank ist und fiebert und mit diesen Worten heißen Tee ans Krankenlager serviert bekommt, wird sich freuen. Umsorgt und behütet zu werden heilt nicht nur den Körper, sondern auch die Seele.

„Vergiss nicht zu trinken, Schatz!“ meldet auf Wunsch aber auch eine APP. Eine Trink-APP, die man kostenlos auf sein Smartphone laden kann, und die daran erinnern soll, regelmäßig Wasser zu trinken.

In diesem Fall sage ich ganz deutlich: Schatz, du kannst mir gestohlen bleiben!

50

Laufrunde statt Grillrunde

Letztens hätte ich beinahe meine Freunde umgebracht. Ich habe nämlich zum Grillen geladen. Und das ist neuerdings ein Anschlag auf Leib und Leben, wenn man einer steirischen Tageszeitung glaubt. In einem Artikel über Grillen stand: Keinen Holzkohlengrill verwenden, weil das Verbrennen der Holzkohle zu viele schädliche Rußpartikel erzeugt.

Kein mit Öl mariniertes Fleisch nehmen, weil das auf die Kohle tropfende Öl gesundheitsgefährdende polyzyklische aromatische Kohlenwasserstoffe entstehen lässt.

Kein Bier zum Ablöschen nehmen, da es dadurch zu verstärkter Rauchentwicklung kommt, was die Lunge schädigt.

Niemals Speck, Würstel oder gepökeltes Fleisch grillen, da diese am Rost gefährliche Nitrosamine entfalten.

Meine Lieben! Es tut mir aufrichtig leid! Ihr seht mich mehr als zerknirscht und ich gelobe Besserung. So ein hinterhältiger Anschlag auf eure Gesundheit wird natürlich nie wieder vorkommen. In Zukunft lade ich zur gemeinsamen Lauf- statt Grillrunde ein. Danach können wir bei mir zu Hause noch gerne ganz gemütlich ein Glas Wasser trinken.

Freue mich?

51

Ein Vergleich

Wie unangenehm: Der Bettler an der Straßenecke starrt auf meinen Pizzakarton, den ich mit beiden Händen vor mir hertrage. Der Bettler starrt und starrt und ich halte das nicht aus. Ich bleibe stehen, nehme die Pizza heraus und gebe ihm den Karton.

Nein, das habe ich natürlich nicht getan!

So etwas passiert – im übertragenen Sinne – allerdings seit Jahren in Europa. Mit Asylsuchenden. Ende leider nicht in Sicht, obwohl wir genau wissen, dass unsere Pizza groß genug ist und am Ende immer etwas übrigbleibt.

52

Nix Vorbildwirkung

Mein Lieblings-Dönerstand ist am Grazer Lendplatz. Dort bestelle ich immer „Döner mit alles, bissi scharf".

Jetzt habe ich allerdings ein Interview mit einem ehemaligen Gastarbeiter gehört, den der Reporter gefragt hat, warum er noch immer so schlecht Deutsch spricht, obwohl er schon so lange bei uns ist. Die Antwort des Mannes: „Wie soll ich besser können? Vorarbeiter ist Österreicher, aber redet schlechtes Deutsch mit mir. Sagt: Du jetzt machen Beton fertig, du morgen auf anderer Baustelle, du können Pause machen..."

Seither bestelle ich ganz artig: „Einen Döner mit allen Zutaten bitte und bitte sowohl von der scharfen als auch von der milden Soße ein wenig", was der Türke an der Kasse dann mit den Worten „Döner mit alles, bissi scharf" an seinen Kollegen weiterleitet.

53

Begrabene Schokoträume

Bergl ist ein kleiner oststeirischer Ort, der Großes hervorbringt, nämlich beste handgeschöpfte Bio-Fairtrade-Schokolade.

Der Unternehmer Josef Zotter hat in Bergl seine Schokoladenmanufaktur angesiedelt, die mittlerweile weit über die Grenzen hinaus bekannt ist. Die Produktionsstätte kann besichtigt werden, was ein zugleich interessanter wie süßer Genuss ist.

Auch im Freigelände bietet der Schokolatier seinen Besuchern einiges, zum Beispiel einen „Ideenfriedhof“. Dort hat Josef Zotter alle Ideen und Schokosorten, die letztlich doch nicht der große Wurf waren, „begraben“.

Seine Misserfolge ganz offen zur Schau zu stellen und darüber lachen zu können – das imponiert mir und zeugt von wahrer Größe. Und natürlich von genialem Marketing-Geschick.

54

Kein blaues Wunder

Ein verlängertes Wochenende mit lieben Freunden in Wien: Jörg bestellt beim Abendessen im Gasthaus geröstete Nierndln. Das Gericht kommt und Jörg hält kurz inne: „Vor vielen Jahren hatte ich einmal eine wirklich wilde allergische Reaktion. Entweder waren es damals geröstete Nierndln, oder ein komischer blauer Cocktail, den ich getrunken habe. Wird schon der Cocktail gewesen sein", sagt Jörg und isst.

Am nächsten Morgen, beim Frühstück im Hotel, sitzt plötzlich ein fremder Mann an unserem Tisch. Nein, es ist doch Jörg. Nur vollkommen zugeschwollen. Ja, die Nacht sei schlimm gewesen, sagt Jörg. Er habe sich auch schon etliche Tabletten eingeworfen.

Lieber Jörg, jetzt weißt du es. Komische blaue Cocktails kannst du trinken!

55

Nananas

Wer bei Google das Wort „Diät“ eingibt, erhält innerhalb von 0,34 Sekunden 12.700.000 Ergebnisse. Ich lehne alle 12.700.000 ab. Dass Diäten mit Menschen (Frauen) nichts Gutes machen, habe ich erstmals in meiner Schulzeit erlebt, als Angelika versucht hat, mit Hilfe einer Ananas-Diät Kilos zu verlieren.

Tagtäglich ist sie mit geschnittenen Ananas und saurem Gesicht in den Pausen gesessen und hat die Stückchen stumm in sich hineingeschoben.

Der absolute Höhe- bzw. Tiefpunkt war erreicht, als die Ananasstückchen an einem Tag schon mehr braun und faul als genießbar waren. Die Schulfreundin hat sie dennoch gierig verschlungen, denn der Hunger war einfach zu groß.

Angelika hat in zwei Wochen drei Kilo abgenommen.

Und dann kam Jo-Jo.

Na na, das braucht niemand.

56

Wann Wein schmeckt

Rubinrotes Funkeln im Glas, faszinierende Geruchskombination aus getrockneten Beeren und ribiselartiger Sortentypizität, in cremig-pikantes Süßgewand gehüllt. Süßsaures Furioso, das geschmacklich einen Regenbogen und einen Früchtereigen über den Gaumen spannt. Ein Wein, der fordert und in seiner Wirkung von üppiger Süße und hyperrassiger Säure einen Perpetuum-Mobile-Tanz der Ekstase hinterlässt.

So und so ähnlich beschreiben Sommeliers Weine und ich finde das großartig. Diese Sprache muss man erst einmal sprechen können. Ich spreche sie nicht und deshalb gibt es bei mir nur: Der Wein schmeckt, oder schmeckt nicht. Was wiederum sehr stark davon abhängt, mit WEM ich ihn trinke.

Denn selbst der allerbeste Wein der Welt ist zu vergessen, wenn man damit einem Unsympathler zuprosten muss.

57

Vegetarisches Junk-Food

Wenn sich jemand vegetarisch ernähren möchte, dann bitte, nur zu, ich habe absolut nichts dagegen. Nur eines verstehe ich nicht. Wer kauft (und isst) vegetarische Produkte, die auf Fleisch machen?

Also zum Beispiel vegetarischer Leberkäse, vegetarische Salami oder vegetarisches Grillkottelet? In den Supermärkten gibt es immer mehr davon. Die Zutatenlisten dieses Junk-Foods lesen sich meistens wie die Auflistung eines Chemielabors.

Das kann nicht gesund sein. Und abgesehen davon: Wenn Lebensmittel etwas Anderes vortäuschen als sie eigentlich sind, läuft meiner Meinung nach sowieso etwas schief.

Das wäre ja so, als ob ich ein Schnitzel möchte, das nach Salat schmeckt.

58

Wenn die Melonen fliegen ist Sommer

Wassermelonen zaubern mir automatisch ein Lächeln ins Gesicht. Erstens weiß ich, dass dann mein vielgeliebter Sommer ist, denn in der kalten Jahreszeit werden bei uns keine Wassermelonen angeboten (womit sie das einzige Obst sind, das es bei uns nur saisonal bedingt gibt).

Zweitens muss ich bei Wassermelonen immer an jene türkischen Burschen denken, die vor einem Lebensmittelmarkt in Graz mit dem Ausladen der riesigen Früchte beschäftigt waren.

Damit die Melonen schnell, sicher und unbeschadet vom weißen Lieferwagen ins Geschäft kamen, haben sie eine perfekte Viererkette gebildet und sich die Melonen im Sekundentakt mit einem fröhlichen „Yep!“ zugeworfen. Die vier Burschen hatten einfach Spaß. Selten heute.

59

Leider Lifestyle

Sie sind überall: In der Fußgängerzone, in der Straßenbahn, in der U-Bahn und im Zug. In Geschäften, auf Flughäfen, am Uni-Campus, im Park, im Auto.

Coffe-to-go-Becher haben einen unglaublichen Siegeszug hingelegt. Es ist hip, damit unterwegs zu sein. Strahlt irgendwie Lifestyle und modernes „urban living“ aus.

Und jetzt kommen wir zum weniger guten Teil der Sache: In Deutschland landen pro Stunde (pro Stunde!) 320.000 Coffe-to-go-Becher im Müll. Nach durchschnittlich zehn Minuten Nutzzeit.

Pro Jahr sind das 2,8 Milliarden Becher.

60

Lass die Oma aus dem Spiel!

Wer weiß, was ein g'staubtes Achterl ist? Ich weiß es, weil es das Kultgetränk meiner Jugend war.

Die neue Generation weiß es nicht mehr, wie ich auf Nachfrage unter Jüngeren erfahren musste. Sie tippen auf „irgendetwas mit Red Bull?", zeigen sich vollkommen ahnungslos („G'staubtes Achterl? Noch nie gehört!") oder desinteressiert („Keine Ahnung, lass mich in Ruhe.").

Nur Elke, auch gute 15 Jahre jünger als ich, weiß sofort, was mit einem g´staubten Achterl gemeint ist. „Das ist Wein mit Cappy" erklärt sie mir goldrichtig.

Danke, Elke! Aber den Nachsatz: „Das weiß ich, weil das meine Oma immer getrunken hat", hättest du dir sparen können!

61

Gesiebter Einkauf

Auf meiner Einkaufsliste stand:
Mehl
Milch
Eier
Joghurt (normal und Vanille)
Kaffee
Acidophilus-Milch
Schafskäse
Couscous
Streichwurst

Nach Hause gekommen bin ich mit:
Mehl
Milch
Eier
Joghurt (normal und Vanille)
Manner-Schnitten
Aperol (war im Angebot)

Was passiert ist? Na ja, Einkaufszettel am Küchentisch vergessen und Hirn wie ein Nudelsieb.

62

Statement

Ich ernähre mich nicht, ich esse!

63

Überraschung im Kofferraum

Der Sommer ist keine Saure-Gurken-Zeit. Der Sommer ist die Zeit des frischen Gemüses. Alles sprießt und reift in Hülle und Fülle. Salat, Gurken, Tomaten, Paprika und natürlich – Zucchini.

Ja, die lieben Zucchini. Wer jemals selbst Zucchini im Garten gehabt hat weiß, wovon ich rede. Zucchini wachsen und wachsen, sie werden immer mehr und mehr und immer größer und größer. Selbst eine siebenköpfige Familie kommt gegen diese Mengen nicht an. So viele Zucchini kann niemand in so kurzer Zeit essen. Deshalb muss man sie loswerden.

Und deshalb werden alle, die zufällig, oder nicht zufällig vorbeikommen, großzügig damit beschenkt. Oft sind die Beschenkten aber gar nicht dankbar. Sie sagen dann Sätze wie: „Nein, bitte nicht, ich war gestern bei meinen Eltern, ich habe schon drei riesige zu Hause." Darauf kann man natürlich keine Rücksicht nehmen. Die Zucchini müssen weg.

Manche Menschen werden dabei sehr kreativ, doch bei einer Freundin von mir beißen sich alle die Zähne aus. Sie hat von Juni bis August, also in der Haupterntezeit der Zucchini, ihr eigenes Motto: „Egal, wo du hinkommst. Sobald die Menschen dort einen Garten haben schau, dass dein Auto gut versperrt ist!"

64

Biennale-Banales

Bitte, ich weiß nicht, ob folgende Geschichte stimmt. Aber kann man so etwas erfinden?

Es soll sich vor vielen Jahren während der Biennale in Venedig zugetragen haben. Österreichische Gäste aus Kunst, Kultur und Politik hatten sich zu einem honorigen Galadinner in einem edlen Palazzo eingefunden. Alles ganz fein und nobel und natürlich alles streng nach Etikette. Bis, ja bis, Linguine mit Meeresfrüchten serviert wurden.

In diesem Augenblick soll nämlich eine österreichische Politikerin den Kellner herangewunken und etwas unwirsch gefragt haben, wo denn der Parmesan sei.

Der Kellner, gut geschult, erklärte der Dame leise und sichtlich bemüht, kein Aufsehen zu erregen, dass die italienische Küche Fisch nicht mit Parmesan kombiniert, weil der kräftige Käse das feine Aroma des Meeresgetiers überlagern würde.

Die Politikerin hörte sich die Ausführung des Kellners an und stellte dann recht resch klar: „A so a Blödsinn – auf die Nudeln g'hört a Kas!"

65

Katzenfutter kaltgepresst

Es gibt nichts, was es nicht gibt, und das beweist folgendes Inserat:

Katzenfutter kaltgepresst, ohne Chemie und ohne Zucker: Die 5-E-Tiernahrung für Katzen ist auf der Grundlage des 5-E-Systems entwickelt worden und bildet die Basis für die Gesundheit von Darm, Magen und Milz.

Durch Kaltpressung (max. 40 Grad) Erhaltung der Vitalität der Rohstoffe, starke Schutzfunktion der Darm-Blut-Schranke, stabiler PH-Wert des gesamten Organismus, Erhöhung der Funktionalität des enterischen Nervensystems, dies koordiniert über Botenstoffe und Lichtemissionen nahezu alle Regulationssysteme. Aktivierung des Immunsystems und Stärkung der Schleimhäute.

So wird also Futter beworben. Futter für die Katz.

66

Du schmutziger Jamie, du!

Ist Ihnen schon einmal aufgefallen, dass Jamie Oliver ein richtiges Schweinderl ist? Wenn er grünen Salat braucht: Raus aus der Plastikverpackung, ein bisschen zerkleinern und direkt rein in die Schüssel. Waschen? Fehlanzeige. Himbeeren, Schwarzbeeren, Erdbeeren... landet auch alles ungewaschen in den Desserts.

Überhaupt habe ich Jamie Oliver noch nie etwas waschen gesehen. Und wie er seinen Arbeitsbereich innerhalb weniger Minuten versaut. Unglaublich.

Ich bin ein sehr ordentlicher und aufgeräumter Typ. Bei mir muss alles genau und korrekt sein. Aber wenn Jamie in seiner Küche wütet, dann kann ich meine Augen nicht davon lassen. Ich bin durch und durch fasziniert.

Ich glaube, mit Jamie lebe ich meine schmutzige Seite aus.

67

Selbstverliebte Menschheit

In Kuala Lumpur kleschen kulinarische Welten aufeinander. Auf der einen Straßenseite gibt es einfachste Garküchen, bei denen man die gekaufte Suppe mit einem Röhrl aus einem Plastiksackerl zuzelt. Auf der anderen Seite extrem stylishe und hippe Cafés. Dort kann man sogar sein Konterfei auf den Milchschaum des Caffè Latte drucken lassen. Wer ein Selfie an den speziellen Kakao-Drucker im Café schickt, lacht sich Sekunden später selbst aus der Kaffeetasse heraus entgegen.

Erinnert irgendwie an Narziss, den schönen Jüngling aus der griechischen Mythologie, der sich ins Wasser blickend in sein eigenes Spiegelbild verliebt hat.

Ist übrigens nicht gut ausgegangen, die Geschichte mit Narziss.

68

Die Rundungen der Frau

Ich bin grantig – und zwar richtig grantig. Ich habe nämlich gerade eine aktuelle Studie gelesen die besagt, dass Männer neuerdings dickere Frauen bevorzugen. Die Dünnen sind out, hieß es sinngemäß.

Außer Gerhard, der bei Magermodels gerne einwirft „Knochen sind nur etwas für Hunde“ fällt mir dazu kein Mann ein. Aber bitte, sei´s drum.

Was mich so auf die Palme gebracht hat war ohnedies nicht die Studie, sondern das Foto, das die Zeitung als Illustration dazugestellt hat: „Männer finden Frauen mit etwas mehr Rundungen durchaus attraktiv“, stand unter dem Foto. Und was war auf dem Foto zu sehen? Ein schlankes Bikinimodel mit riesiger Oberweite.

69

Karges Hochzeitsmahl

Am Land ticken die Uhren oft anders. Zum Beispiel, wenn geheiratet wird. Das ist mitunter ein Dreitagesfest. Aber selbst dann, wenn nur einen Tag gefeiert wird, gilt: Die Tische müssen sich biegen.

Thomas war gerade auf einer Hochzeit am Land und berichtet seiner Mutter, was (in zeitlicher Abfolge des Tages) aufgetischt wurde: Spagatkrapfen, Bauernkrapfen, Bauernbrot, Geselchtes, Leberwurst, Verhackert, Käse, Brot und Salz, klassische Hochzeitssuppe (Rindsuppe mit Leberknödel, Grießknödel und Frittaten als Einlage), Schweinsbraten, Zwiebelrostbraten, Hendlbrust, Wiener Schnitzel, eine Gemüseplatte mit Spiegelei (für Günther, den Vegetarier), Mousse au Chocolat, Topfenknödel mit Früchtespiegel, Eiskaffee, Bananensplit, Heiße Liebe, Gemischtes Eis mit Schlag, Hochzeits-Feingebäck (25 unterschiedliche Sorten), kalte Platte, Gulasch, Gulaschsuppe (für Günther, den Vegetarier, Gulaschsaft ohne Fleisch!), fünfstöckige Hochzeitstorte, Hochzeits-Feingebäck zum Mitnehmen.

Die Mutter von Thomas kommentiert das Aufgezählte mit einem Entsetzten: „Und sonst hat es nichts gegeben?“

70

Wortsalat à la carte

Speisekarten im Ausland sind immer ein Genuss. Sie kennen das sicher. Die deutschen Übersetzungen der Gerichte sind – drücken wir es einmal vorsichtig aus – fantasievoll.

Da wird ein Toast mit Salat zum „Brot mit Zoologika und Botanika“, ein Erdbeerknödel mit Sorbet zur „Frikadelle mit Erdbeereintopf“, das Hühnerfleisch süß-sauer zum „lieben und sauren Huhn“ und das geschmorte Schweinefleisch mit Gemüse zum „ermordeten Schwertfleisch mit Gemöse“.

Fortsetzung folgt im nächsten Urlaub. Bin mir sicher.

71

Kein Ohr für Katja

Ein Grillhendl selber zu machen ist recht einfach, weil man nicht viel mehr tun muss, als das Hendl ein bisserl zu würzen. Den Rest erledigt der Ofen.

Tricky wird es – zumindest für mich – erst wieder beim Zerteilen. Ich bin darin nicht so geübt und statt schön tranchierter Teile gibt es bei mir eher Gemetzeltes.

Trotzdem versuche ich immer, jedem am Tisch sein Lieblingsstück anzubieten. „Katja, welches Stück hättest du gerne?“ fragte ich einst meine damals drei Jahre alte Tochter und diese antwortete zu unserer aller Überraschung pfeilschnell: „Das Ohr, bitte!“

Ich finde es gut, wenn Kinder früh genug lernen, dass nicht jeder Wunsch in Erfüllung geht.

72

Die Top-Ten

Heutzutage wird alles in Rankings angegeben. Da mache ich mit! Hier sind meine Top-Ten-Sprüche rund um das Thema Essen:

10. Spinat schmeckt am besten, wenn man ihn kurz vor dem Verzehr durch ein Steak ersetzt.

9. Und was ist, wenn es gar nicht die Schokolade ist, die mich dick macht, sondern das viele Wasser, das ich trinke?

8. Eines Tages bringe ich die Zwiebeln zum Weinen.

7. Unfassbar, wie viele Menschen verwirrt sind, wenn ein Spruch nicht so endet wie man es Leberwurstbrot.

6. Wenn es grün ist, ist es igitt.

5. Dürfen Vegetarier eigentlich Schmetterlinge im Bauch haben?

4. Schatz, wo steht mein Essen? Im Kochbuch auf Seite 27!

3. So langsam könnten die Geschäfte die Schokoladen-Osterhasen aufstellen.

2. Egal wieviel du isst, eine echte Oma glaubt dir nie, dass du satt bist!

1. Kinder kommt nörgeln, das Essen ist fertig.

73

Affenschande

Im Dreiländereck Uganda, Ruanda, Kongo, im Gebiet der Virunga-Vulkane, leben die letzten Berggorillas dieser Welt. Das sind richtig große Viecher mit unheimlicher Kraft. Um sie hautnah zu erleben sind wir vor einigen Jahren unter der Führung von einheimischen Rangern mehrere Stunden zu einer Art Alm aufgestiegen, von wo aus es am nächsten Tag zu den Gorillas weiterging.

Auf der Alm, auf der einige afrikanische Bauern in einfachen Hütten lebten, wurden wir gastfreundlich aufgenommen und verköstigt. Es gab Fleisch und Reis.

Ich habe nicht den gesamten Reis gegessen und die Reste auf den Boden gestreut, damit ihn die herumlaufenden Hühner aufpicken können. Aber es waren nicht die Hühner, die sich wie wild auf den Reis gestürzt haben, es waren die afrikanischen Kinder, die sich auf die Erde geworfen und den Reis Korn für Korn mit ihren kleinen Fingern aufgepickt und gierig in ihre Münder geschoben haben.

So geschämt wie damals habe ich mich noch nie in meinem Leben.

74

Schwangeren-Schwachsinn

Eigentlich habe ich mich ins Kaffeehaus gesetzt, um einen guten Kaffee zu trinken und in Ruhe Zeitung zu lesen. Aber die beiden jungen Frauen am Nebentisch, beide hoch schwanger, machen es mir nicht leicht. Sie unterhalten sich zu laut und ich muss ihr Gespräch, ob ich will oder nicht, mit anhören.

„Du weißt schon“, redet die eine auf die andere ein, „dass du für deine Umstandsmode nur mildes Bio-Waschmittel verwenden darfst, weil die Chemie in herkömmlichen Waschmitteln kann durch deinen Bauch hineingehen und das Kind im Mutterleib arg schädigen. Und du isst eh keine Schokolade mehr, oder andere Süßigkeiten? Weil Süßes in den letzten vier Schwangerschaftswochen wirkt sich gaaanz, gaaanz schlecht auf die Geburt aus. Dein Mann wird eh dabei sein und die Nabelschnur durchschneiden? Es ist ganz wichtig, dass er das tut, denn sonst kann euer Familiengefüge nicht stimmig sein und auch das spätere Sexualleben deines Kindes wird darunter leiden... “

„Herr Ober, zahlen, bitte!“

75

Feldtest

Obst und Gemüse haben im Supermarkt das ganze Jahr über Saison. Das ist blöd und führt bei mir auch dazu, dass ich teilweise nicht mehr weiß, was bei uns wann reif ist. Haben Sie noch den vollen Überblick? Was hat in Österreich wann Saison?

Erdbeeren

Kirschen

Zwetschken

Rhabarber

Spargel

Karfiol

Erbsen

Erdbeeren: Juni - Juli; Kirschen: Juni - August; Zwetschken: August - Oktober; Rhabarber: Mai - Juni; Spargel: April - Juni; Karfiol: September - November; Erbsen: Juni - August

76

Je nach Laster: stehen oder sitzen

Ein Bekannter von mir war in New York. Das ist eine starke Leistung, denn der Bekannte ist starker Raucher. Acht Stunden Flug ohne Tschick. Danach Sicherheitskontrolle, Passkontrolle, Visa-Kontrolle, Finger-Prints, Gepäckausgabe – alles ohne Tschick. Danach New York und kaum Tschick, weil Rauchen in Amerika schon lange nicht mehr so gerne gesehen wird.

Schließlich, eines Abends, die lange ersehnte Bar. Aber auch dort: Rauchen nicht erlaubt!

Mein Bekannter nahm also sein Bier und setzte sich damit auf einen der Sessel vor der Bar. Die Kellnerin folgte ihm auf den Fuß: „Rauchen nur im Stehen“, klärte sie ihn freundlich, aber bestimmt auf. Mein Bekannter stand auf, nahm sein Bier und hörte, wie ihn die Kellnerin genüsslich anflötete: „Trinken nur im Sitzen!“

77

Kinderspeck

Das Dilemma ist groß, denn das Kind einer Freundin von mir liebt Speck. Als Mutter kann einem das in der Öffentlichkeit ganz schön zu schaffen machen. Zum Beispiel am Spielplatz, wenn alle anderen Mütter ihren Kindern als Jause für Zwischendurch Apfelspalten oder Karottensticks mit Joghurtdip anbieten.

Wenn meine Freundin den Speck und das Bauernbrot aus der Tasche holt wird sie mit Blicken gestraft, die klar und deutlich sagen: „Du unverantwortliche Person du, wie kannst du deinem Kind nur etwas so Ungesundes geben?“ Manche Blicke sind noch ärger und bedeuten wohl: „Willst du dein Kind umbringen?“

Nein, liebe Leute, am Speck stirbt ganz sicher niemand. Speck zu essen ist in Ordnung. Es ist wie mit allem: Die Dosis macht‘s.

Also, kriegt euch wieder ein!

78

Meldungen, die die Welt nicht braucht

Leonardo DiCaprio hat für einen Film rohe Bisonleber gegessen.

Beyoncé hat zehn Tage lang nur Zitronenwasser mit Ahornsirup und Cayennepfeffer zu sich genommen.

Jamie Oliver hat sich beim mitternächtlichen Imbiss-Kochen für seine Frau an seinem besten Stück verbrannt.

Barack Obama hat im Rahmen einer Outdoor-TV-Show in einen von einem Bären angeknabberten Lachs gebissen.

Heidi Klum war in Los Angeles mit ihren Kindern Eis essen und hat sich auch eines gekauft.

...und in China ist der sprichwörtliche Sack Reis umgefallen.

Damit ich auch meinen Senf dazugebe.

79

Man nehme...

Ich hoffe, Sie haben bereits bemerkt, dass dieses Buch kein Kochbuch ist und sich darin keine Rezepte befinden.

Auch nicht das Gulaschrezept des Künstlers Gregor Weichbrodt. Obwohl: Müsste ich ein Rezept angeben, wäre es das des Berliners.

Sein Gulaschrezept ist nämlich mehr als außergewöhnlich. Es umfasst 1.117 Seiten. Die ersten 100 Seiten widmen sich den Zutaten, die restlichen 1.017 Seiten der Zubereitung. Weichbrodt hat das gemacht, um den ausufernden Anleitungs- und Listenwahn im digitalen Zeitalter aufzuzeigen.

Geniale Idee. Nehme gerne einen Nachschlag!

80

Sorry, George!

George Clooney hat bei mir keine Chance, der kommt mir nicht ins Haus. Ich bin Melitta treu und freue mich jeden Tag aufs Neue, wenn ich meine 25-Euro-Kaffeemaschine mit Wasser befülle, den umweltfreundlichen Papierfilter einlege und gemahlenen Bio-Fairtrade-Kaffee um 12 Euro das Kilo hineinlöffle.

Dass Kapseln auf ein Kilo gerechnet im Schnitt rund 40 Euro, die von der sexy Marke sogar bis zu 80 Euro kosten, ist hinlänglich bekannt.

Nein, meine Melitta lasse ich mir nicht nehmen und damit bin ich nicht altmodisch, sondern meiner Zeit voraus. Ich bin eine Vorreiterin, denn in der Baristas-Szene ist der nächste Kaffeetrend längst bekannt: good old Filterkaffee. Am besten mit Keramikfilter und Handaufguss („Pour Over“).

Der Kapselkult ist passé. Sorry, George, time to go.

81

Geruchs-Erfahrungen

Bevor ich auf Öffis, Fahrrad und meine beiden Beine als Fortbewegungsmittel umgestiegen bin, war ich viele Jahre mit einem Cabrio unterwegs. Der Sinn eines Cabrios ist es, möglichst oft offen zu fahren. Das bedeutet ein gewisses Gefühl von Freiheit, bringt aber auch anderes mit sich: Gerüche zum Beispiel, die man in einem geschlossenen Auto nicht wahrnimmt.

In der Stadt riecht nichts, denn da überdeckt die Dauer-Abgaswolke alles. Aber bei Fahrten über Land steigt plötzlich der Duft von frisch gemähtem Gras in die Nase. Oder von frisch geschlägertem Holz, von Blumen und Blüten. Manchmal auch von einem Schweinestall.

Auf der Suche nach einem guten Landgasthaus ist ein Cabrio Goldes wert. Riecht es zwei Kilometer vor der Wirtschaft schon nach altem Fett weiß man, dass man besser noch ein Stückchen weiterfährt. So lange, bis die Nase das Aroma einer feinen Rindsuppe und eines frischen Wiener Schnitzels erschnuppert. Dann stehenbleiben, einparken und rein in die gute Gaststube. Funktioniert immer.

82

Zur Erinnerung

Meine Tochter zeigt mir auf ihrem Smartphone ein YouTube-Video der Tierschutzorganisation PETA. Es ist ein Rückwärtsfilm, der den Weg vom Huhn zum Hühnerschnitzel verkehrt herum zeigt.

Zuerst ist ein gebratenes Hühnerschnitzel auf einem Teller zu sehen, am Ende des Filmes ein Massenmastbetrieb mit Tausenden eingequetschten Hühnern. Dazwischen Küken, die wie Erdäpfel auf Förderbänder und in Kisten gekippt werden (obwohl: Erdäpfel werden wahrscheinlich sanfter behandelt, damit sie keine Druckstellen erhalten), zuckende, halbtote Hühner beim maschinellen Schlachtvorgang usw.

Wir kennen diese Bilder alle, aber es hilft, sie von Zeit zu Zeit neuerlich vor Augen geführt zu bekommen. Das erleichtert die Entscheidung beim nächsten Einkauf ungemein. Der Griff zum Bio-Freiland-Huhn ist dann wieder eine Selbstverständlichkeit.

Ja, das Bio-Freiland-Huhn kostet einiges mehr. Aber wer den PETA-Film (oder ähnliche Filme) sieht, der weiß auch warum.

83

Glutenfrei: nehmet und esset ja nicht davon

In manchen Kirchen hat es bei der Kommunion glutenfreie Hostien gegeben. Damit ist jetzt Schluss. Der Vatikan hat ein Machtwort gesprochen und erklärt, dass Hostien Gluten enthalten müssen. So stehe es im Kirchenrecht. Ein entsprechendes Schreiben der Kongregation für die Sakramente ist an alle Bischöfe der Welt ergangen.

In dem Schreiben stand übrigens auch, dass die Verwendung von genmanipuliertem Weizen für die Herstellung von Hostien kein Problem ist.

Das habe ich alles in der Tageszeitung gelesen. Am 8. Juli und nicht am 1. April.

84

Umfruchten

Umfruchten – dieses Wort gibt es tatsächlich. Ich habe es nicht gekannt, obwohl ich Germanistin bin. Aber ein TV-Beitrag in „Galileo" klärte auf: Beim Umfruchten wird aus einer billigen Frucht eine andere, teurere gemacht. Zum Beispiel aus einem Apfel eine Himbeere. Das funktioniert, indem Äpfel zermanscht und mit roten Farbstoffen und künstlichen Himbeeraromen versetzt werden.

Die Lebensmittelindustrie spart damit viel Geld und fährt somit voll darauf ab. Wir Konsumenten nehmen diese „Formfrüchte", wie sie in der Fachsprache heißen, in Müslis, Müsliriegeln, Joghurts, Fruchtsäften etc. zu uns.

Grauslich. Ich streiche das Wort daher wieder aus meinem Wortschatz und bleibe bei jenen Wörtern, die ich kenne. Zum Beispiel beim Wort „umdenken". Umdenken statt umfruchten. Ja, das ist stimmig.

85

Für mich nicht, danke!

Der Spinat kommt in Form eines Legowürfels daher, daneben winzige Rhonen-Erdäpfelpüree-Kügelchen und ein Türmchen aus geschichtetem Miniaturgemüse, in der Mitte Fisch-Pralinen, umrandet von einem Schaum aus Flusskrebsschwänzchen.

Essen, das mit Pinzette und Spritzbeutel angerichtet wird, brauche ich nicht.

86

Oans, zwoa, g´suffa

Werbung landet bei mir unbeachtet und unbetrachtet im Altpapier. Direktflug vom Briefkasten in die Tonne. Deshalb weiß ich nie, wo es gerade die billigsten Küchenzeilen, Flachbildschirme, Tiefkühlpizzen oder Sommerkleider gibt.

Aber wenn bei meinem nächstgelegenen Supermarkt das heimische Bier im Angebot ist (-25 %), bekomme ich das mit. Nämlich genau in jener Sekunde, in der ich auf den Supermarktparkplatz einbiege.

Alles, was auf den Beinen ist, schleppt zumindest eine Kiste Bier zum Auto. Manche haben den Einkaufswagen mit drei oder vier Kisten vollgepackt.

„Abgabe in Haushaltsgrößen“ steht auf den Angebotsplakaten vor dem Markt.

Manche Haushalte sind wirklich groß.

87

Sport is(s)t (un)gesund

Ich gehe gerne zu Sportveranstaltungen, vorzugsweise Fußball, Tennis und Eishockey. In den VIP-Bereichen wird allerfeinstes Essen serviert. Aber auf den herkömmlichen Plätzen, also dort, wo es besonders lustig ist, gehört es dazu, sich in der Pause für Pommes, Burger oder Schnitzelsemmel anzustellen.

Lauter Lebensmittel, die nicht gerade auf der gesunden und fitten Seite der Ernährungsliste stehen. Aber in eine vor Fett triefende Schnitzelsemmel zu beißen, sich Ketchup und Mayo über die Finger rinnen zu lassen und gleichzeitig die durchtrainierten Profis mit ihren muskelbepackten, perfekt geformten Körpern anzufeuern – das hat irgendwie etwas.

88

Knolleffekt

Die Süßkartoffel ist DAS Modegemüse schlechthin. Ich habe jahrzehntelang keine Süßkartoffel gesehen, gegessen und auch nicht gekannt. Aber seit ein paar Jahren gibt es an dieser Knolle kein Vorbeikommen mehr. Sie findet sich auf den Speisekarten diverser Lokale ebenso wie in den Supermärkten und in den Koch-Shows.

Statt Kartoffelpüree wird jetzt Süßkartoffelpüree gemacht, statt Pommes werden Süßkartoffel-Pommes angeboten und statt Chips kaufen Frau und Mann von Welt Süßkartoffel-Chips.

Ich habe keine Ahnung warum das so ist. Aber ich weiß: Ich war voll dabei.

Und jetzt bin ich wieder zu den Erdäpfeln zurückgekehrt.

89

Gartenschlauch gegen Goliath

Der Wettbewerb ist brutal, die Verdrängung auch. Gegenüber vom kleinen Buchladen, der sich seit Jahrzehnten rührig um seine Kundschaft kümmert, hat eine Kette eine neue Filiale eröffnet, die auch Bücher anbietet.

Der Greißler am Ende der Straße, ein Familienbetrieb, muss sich gegen den neuen Supermarkt behaupten und der kleine Brezelstand einer heimischen Traditionsbäckerei, die die Grazer seit Jahrzehnten mit besten Brezeln versorgt und als „Institution" gilt, musste tatenlos zusehen, wie am Grazer Hauptbahnhof vier Meter hinter ihm ein riesiger „Brezelkönig" eröffnete.

Seither kaufe ich noch öfter Brezel beim kleinen Stand. Selbst dann, wenn ich gerade keinen Gusto darauf habe. Natürlich ist das naiv, ich werde den Traditionsbetrieb damit nicht retten können. Es ist so, als ob man mit einem Gartenschlauch einen Großbrand bekämpfen will. Aber nicht mehr dort zu kaufen würde bedeuten, Öl ins Feuer zu gießen.

Und außerdem: Wenn viele mit einem Gartenschlauch...

90

Lächerliche Gedanken

Zwei Paletten Katzenfutter (Dosenfutter) und dazu sieben Stück Chinakohl. Das chinesische Paar hievt den Einkauf auf das Kassen-Laufband und lächelt ein Lächeln, wie es nur Chinesen lächeln können.

Die Kassiererin zieht die Ware mit zusammengepressten Lippen über den Scanner. Der Mann vor mir schaut irritiert, ich ebenso. Die Frau hinter mir glotzt mit weit aufgerissenen Augen.

Und alle denken wir: Die beiden haben ganz, ganz sicher Katzen zu Hause.

Und kein China-Restaurant.

91

Alpin-Fisch

Wer, so wie ich, von Geburt an einen österreichischen Pass besitzt, ist quasi verpflichtet, Ski zu fahren. In meiner Kindheit und Jugend war ich mit meinen Eltern oft auf den Pisten unterwegs, aber dann habe ich die Skier im Keller gelassen. Berge, Schnee und Kälte sind nicht so meins.

Was mir dadurch entgangen ist? Der kulinarische Wandel auf den Skihütten. Früher gab es dort Germknödel, Berner Würstel und dicke Suppen. Heute listen die Speisekarten Gerichte wie Lachs, Garnelen und Scampi auf.

Fisch und Meeresfrüchte auf 2000 Meter Seehöhe inmitten tiefsten Alpenlandes. Möge die Talfahrt dieses Unsinns bald beginnen!

92

K.o. kurz vor der Ziellinie

Die oststeirischen Radrouten schlängeln sich oft durch Äcker und Felder. Und jedes Mal, wenn ich dort radle, denke ich mir: Fleißig sind sie, unsere Landwirte. Und viele gute Sachen bauen sie an.

Es ist schön, das Wachstum von Getreide, Kürbis und Sonnenblumen mitzuverfolgen. Zuerst die frisch gepflügten Äcker, dann die ersten grünen Pflänzchen, die sich mutig durch die Erde Richtung Sonne strecken, dann die bereits kräftigen Pflanzen und schließlich das Korn, die Plutzer (so sagen wir zu den Kürbissen) und die Kerne in voller Pracht kurz vor der Ernte.

Gestern hat es gehagelt. Zehn Minuten. Alles zerschossen und zerfetzt, als ob eine riesige Häckselmaschine drübergefahren wäre.

Da weine ich dann mit unseren Landwirten mit.

93

Lotte, die Große

Lotte Tobisch, ich nenne sie gerne wie alle die „Grande Dame" Österreichs, hat mit 90 Jahren in ihrem Buch „Alter ist nichts für Phantasielose" das Rezept ihrer vielgerühmten Schinkenfleckerln preisgegeben. Mit diesen Schinkenfleckerln hat sie bei sich zu Hause Gäste wie Elias Canetti oder Robert Jungk bekocht.

Das Rezept liest sich sehr gut, beeindruckt haben mich aber vor allem die Sätze, die Lotte Tobisch dazu schreibt: „Ich hatte im Laufe meines Lebens den Hang zu komplizierten Menschen und einfachen Gerichten. Ob diese gegensätzlichen Vorlieben einen psychologischen Zusammenhang haben, weiß ich nicht. Sich mit unkomplizierten Menschen bei komplizierten Gerichten zu unterhalten, schien mir persönlich einfach wenig interessant."

Grande, Frau Tobisch!

94

Geschmacksneutral

NEIN, werden jetzt viele aufschreien. Das stimmt nicht! Aber ich bleibe dabei: Hirse ist fad und schmeckt nach nichts. Hirselaibchen, Hirseauflauf, Hirserisotto – alles ausprobiert und für mich alles „geschmacksneutral“. Da kann ich ebenso Pappkarton essen. Hirse bringt´s einfach nicht.

„Wenn man Hirse gut zubereitet kann sie sehr wohl aufregend sein“, behauptet eine Freundin.

Ja, genau! Mindestens so aufregend wie Kamillentee.

95

Kommunikations-Food

Mit dem Essen ist es wie mit der Kommunikation. Nur dass wir kommunikationstechnisch nachhängen.

Die Flut an Industrie- und Fertiggerichten, die uns in den 1980er und 1990er Jahren überschwemmte, empfanden wir damals als Segen und als Zeichen von Wohlstand. Das Umdenken setzte erst Jahrzehnte später ein.

Mit der digitalen Kommunikation ist es ganz gleich. Alles, was diesbezüglich auf den Markt kommt, wird gierig verschlungen. Kein Reflektieren darüber, was es mit uns macht. Facebook, Twitter, WhatsApp, Instagram etc.: immer her damit.

Es wird wohl ebenfalls Jahrzehnte dauern, bis wir in der digitalen Kommunikation – wie bei den Lebensmitteln – auf nachhaltig, sinnvoll und gesund umstellen.

96

Dine with the Danes

In manchen Großstädten kann man als Tourist bei Einheimischen zu Abend essen. Einfach vorab übers Internet buchen. In Kopenhagen heißt das Angebot „Dine with the Danes“, „Iss mit den Dänen“. Für umgerechnet etwas mehr als 55 Euro pro Person bekommt man ein dreigängiges, landestypisches Menü, Getränke und interessante Gesprächspartner. Denn wer kann schon besser über Kopenhagen erzählen, als die Kopenhagener selbst?

Wir waren bei Lodde und Peter. Sie haben über Königin Margrethe gesprochen (wird von den Dänen abgöttisch geliebt), über zu hohe Treibstoffpreise und zu wenig Parkplätze (für Fahrräder!) und über die immer wieder stattfindenden Anschläge auf das Wahrzeichen der Stadt, „den lille Havfrue“ (die kleine Meerjungfrau). Also alles gut.

Aber eines, lieber Peter, solltest du in Zukunft unterlassen. Deine neue Heizanlage im Keller, die du uns unbedingt zeigen wolltest, interessiert wirklich nicht. Wenn man nicht gelernte Installateurin ist (und das bin ich nicht), dann sind Heizanlagen einfach unsexy. Selbst, wenn sie in Kopenhagen stehen.

97

Gewissens-Bisse

Wer sich gesund und ethisch korrekt ernähren möchte muss aufpassen, nicht zu verhungern. Quinoa, das aktuelle Wunder-Pseudo-Getreide, soll ernährungstechnisch der Hammer sein. Aber leider essen wir damit der Anden-Bevölkerung das Grundnahrungsmittel weg.

Cashewnüsse sind natürliche Antidepressiva, die uns froh machen – und die westafrikanischen Frauen, die sie für uns ernten und weiterverarbeiten, bedingungslos ausbeuten.

Fisch liefert wertvolles Omega 3 – davon haben die Arbeiter aus Kambodscha und Burma auf den thailändischen Kuttern wenig, sie werden wie Sklaven gehalten.

Kakaobohnen versüßen uns als Schokolade das Leben – große Industriebetriebe setzen bei der Ernte gerne auf zarte Kinderhände.

Alles sehr unappetitlich.

Aber auch Alltagslebensmittel wie Fleisch, Obst und Gemüse hinterlassen bei herkömmlicher Produktion eine Spur der Verwüstung.

Was also tun? Bio, fair, regional und saisonal sind gute Ansätze. Das ist nicht neu, kann aber nicht oft genug wiederholt werden.

98

Eis am Stiel, Teil 1

Und? Wie essen Sie ihr Twinni? Ich orange vor grün. Etwas anderes würde für mich nie in Frage kommen. Nie! Ich glaube, ich bin schon mit orange vor grün auf die Welt gekommen. Jedenfalls hat es mir niemand vorgezeigt oder vorgesagt.

Und natürlich teile ich mein Twinni noch in der Verpackung in die beiden Hälften. Ein kurzer, geschickter Knack und alles ist bestens. Das erst zu machen, wenn man das Eis bereits geöffnet hat und an den Stielen hält, ist ein Anfängerfehler, der zu Recht bestraft wird. Denn die eine Hälfte bricht dann garantiert unterhalb der Schokoglasur ab und man steht mit zwei ungleichen Teilen da. Twinni-Essen will gelernt sein.

Übrigens: Der grüne Teil des Twinnis ist nicht nur einfach grün, sondern Birne.

Was ich aber bis heute nicht glaube.

99

Eis am Stiel, Teil 2

Als Kind der 1970er Jahre habe ich natürlich auch Jolly, Brickerl, Erdbeer Combino, Doppellutscher und Paiper (Himbeere-Zitrone) gegessen. Außer dem Paiper, der vor einigen Jahren ein kurzes Comeback gefeiert hat, gibt es diese Sorten nach wie vor.

Dass gerade der Paiper nicht mehr produziert wird ist schade, denn er war immer etwas ganz Besonderes: Erstens war er größer und somit teurer als die anderen (und daher von den Eltern nicht so oft zu bekommen) und zweitens: Dieses Geräusch, wenn man das Staberl in den Becher steckte und anschob.

Ein Geräusch, das der Welt fehlt.

100

Kein Kalorien-Klauben

Weil viele es nicht mehr wissen hier gerne ganz klar und deutlich: Wir essen, um Kalorien ZU uns zu nehmen und nicht, um sie zu zählen oder wegzulassen!

101

Das Schlechteste kommt zum Schluss

Jetzt gibt es Essen aus dem 3-D-Drucker. In London hat kürzlich das erste Restaurant dieser Art eröffnet.

Zum Glück in London, denn die Engländer waren schon bisher nicht dafür bekannt, kulinarische Highlights in die Welt zu setzen.

Von London aus wird sich 3-D-Essen nicht durchsetzen.

Aufatmen, durchatmen.

Und normal weiteressen.

Ebenfalls bei myMorawa von Eva Schlegl erschienen:

Hin und retour
101 Fahrten, die im Kopf bewegen

Erhältlich als Taschenbuch und als eBook.

ISBN: 978-3-99057-970-1 (Taschenbuch)
ISBN: 978-3-99057-972-5 (eBook)

In „Hin und retour" nimmt Eva Schlegl, die ohne Auto lebt, ihre Leser auf Öffi-Fahrten mit. In den 101 Kolumnen umkurvt sie so manches Klischee, gibt mit viel Wortwitz Gas, bremst zum Nachdenken ein und lenkt das Augenmerk geschickt auf Mitreisende.

Auf den folgenden Seiten finden Sie eine Leseprobe aus „Hin und retour".

VW ade, ich BIM dabei

Wie geht dein Auto? Mein Auto geht nicht, es fährt. Wie fährt dein Auto? Danke, es geht.

Nach diesem kleinen Wortwitz wird es nun ernst. Sehr ernst: Ich habe mein altes Auto ver- und kein neues gekauft.

Die Reaktionen in meinem Freundes- und Bekanntenkreis waren recht unterschiedlich. Sie reichten von „Spinnst du?" bis zu „Du spinnst!"

Meistens (oder eigentlich immer) kam noch der entsetzte Nachsatz: Wie soll denn das gehen? Das geht nicht!

Die häufigsten Fragen/Befürchtungen waren: Wie wirst du zur Arbeit und wie wird deine Tochter in die Schule kommen? Wie wirst du einkaufen?

Die Antworten kurz zusammengefasst: Ich arbeite noch immer, meine Tochter geht noch immer zur Schule, und wir sind auch noch nicht verhungert. Das finde ich ganz besonders toll.

Nicht mit dem Auto zu fahren geht. Es ist keine Zauberei.

Einfach nur simsala-bus-bahn-bim.

Klingelt's endlich?

Darf man nach einem Telefonat von fremden Menschen in der S-Bahn Fragen stellen, wenn etwas unklar geblieben ist? Die Antwort ist so klar wie einfach: Natürlich darf man.

Ich gehe sogar einen Schritt weiter und sage (und schreibe): Man darf nicht nur nachfragen, wenn etwas unklar geblieben ist, man darf bei jedem öffentlich geführten Telefonat mitreden und seine eigene Meinung einbringen. Man darf loben oder tadeln, ermuntern, beschwichtigen, den Kopf schütteln oder zustimmend nicken. Man darf dazwischenreden, Tipps geben, Befürchtungen äußern oder in schallendes Gelächter ausbrechen. Man darf eigene Schnurren erzählen, im Anekdotenkistchen kramen oder Kalenderweisheiten von sich geben. Man darf alles. Hauptsache ist, dass man sich einmischt. Denn wer andere mit seiner Telefoniererei nervt, der soll selber genervt sein.

Auge um Auge, Zahn um Zahn, Ohr um Ohr.

Lawinensicher in der Straßenbahn

Outdoor ist in. Immer mehr Menschen zieht es in ihrer Freizeit raus in die Natur, in die Berge, in die Wildnis. Eh super. Aber müssen sich auch die, die sich in der Stadt bewegen, wie für eine Expedition auf einen 8000er rüsten?

Kaum wird es ein bisserl kälter, schützen sich die Städter mit Hightech-Funktionskleidung, wie sie sonst nur auf Himalaja-Expeditionen getragen wird. An einem herkömmlichen Wintertag in Graz ist man in Bus und Straßenbahn von Nordpolforschern und Erstbesteigern umgeben. Die moderne City-Jacke des modernen City-Users ist „fiberfill hybrid“, aus „elastischem DryTechTM Premium Laminat“, hat „mikroporöse Beschichtung und eine porenlose Membran“, und sie ist „zonal auf das Körperklima abgestimmt“.

Atmungsaktiv und wasserdicht war gestern. Mit den neuen Jacken überlebt man jede arktische Temperatur (in Graz) und steigt aus jeder Lawine (in Graz) unversehrt wieder heraus. Für alle, die das irgendwie verdrängt haben: Graz liegt auf einer Seehöhe von 353 (in Worten: dreihundertdreiundfünfzig) Meter, durchschnittliche Winter-Tagestemperatur: knapp unter 0 Grad, durchschnittliche Schneemenge 0 bis 40 Zentimeter.

Voll im Öl, voll im Glück

Ich habe ein paar Wünsche in meinem Leben. Einer davon ist, dass mehr Orangen gegessen werden. Vor allem in Zügen, S-Bahnen und U-Bahnen. Das riecht nämlich so gut. Dafür verantwortlich sind die ätherischen Öle in der Schale. Wikipedia und andere nicht wissenschaftliche Internet-Seiten sagen mir, dass die wichtigste Eigenschaft des Orangenöles in seinem „ausweitenden Effekt auf Organismus und Psyche durch die Entspannung der glatten Muskulatur" liegt. Das Öl wirkt stimulierend auf die Zirbeldrüse und ausgleichend auf die Hypophyse. Darüber hinaus regt es vermutlich die Produktion des Hormons Enkephalin an. Auf gut Deutsch heißt das alles: Der Duft entspannt uns auf allen Ebenen. Er erweckt ein Gefühl von Frieden und Glück in uns, er wirkt stimmungsaufhellend, vermittelt uns Ruhe und Harmonie, bekämpft Nervosität und bringt Freude zurück.

Das ist toll. Also, Leute: Bitte esst mehr Orangen!

PS: Ich stelle ausdrücklich fest, dass ich keine Orangenplantage besitze und auch sonst in keinster Weise an Orangenhandel (und auch nicht an Organhandel, falls sie sich gerade verlesen haben) beteiligt bin.

Möge der BH drücken

Wer in der Bim über Busen spricht, hat blitzschnell die ungeteilte Aufmerksamkeit der rundum Sitzenden. Die junge Frau macht das und ist im Mittelpunkt aller Augen und Ohren. Sie selber merkt das gar nicht. Sie ist so besorgt und aufgewühlt, dass die Welt um sie herum gerade nicht existiert. „Ich weiß nicht, aber ich habe heute schon den ganzen Tag ein wirklich unangenehmes Gefühl in meiner linken Brust", erzählt sie ihrer Freundin, die neben ihr in der Bim sitzt. „Genau hier" (sie greift sich auf den linken Busen). Die Augen der Männer werden sichtbar größer. „Aber Knoten spüre ich keinen, ich habe in der Mittagspause wirklich die ganze Brust sorgfältig abgetastet." Die Ohren der Männer werden sichtbar spitzer. „Glaubst du, soll ich zum Frauenarzt gehen? Oder zum Lungenarzt? Ich kann dieses ungute Gefühl nicht zuordnen. Es könnte auch unter der Brust sein. Da ist ja die Lunge, oder? Vielleicht habe ich Lungenkrebs?" Jetzt ist auch die Freundin besorgt und versucht zu beruhigen: „Nein, hör auf, denk nicht gleich an so etwas! Das kann schon einmal sein, dass man etwas spürt. Bekommst du die Regel? Vielleicht ist es einfach nur ein prämenstruelles Symptom." „Nein, ich habe die Regel erst gehabt, das kann kein prämenstruelles Symptom sein. Irgendetwas stimmt da nicht. Ehrlich jetzt. Das ist Brustkrebs oder Lungenkrebs..." Langes Schweigen. Dann der überraschende Nachsatz: „...oder vielleicht drückt mich auch nur der neue BH..."

Rollator-Taxi

Es ist Freitagnachmittag und die Halle des Grazer Hauptbahnhofes gleicht einem Ameisenhaufen. Menschen wuseln geschäftig hin und her, um möglichst schnell ins Wochenende zu gelangen. Dazwischen – wie in Zeitlupe – ein betagter Herr mit winzigen und langsamen Schritten, die Hände verkrampft am Rollator. Er kommt nur schwer voran. Jeder Meter eine Herausforderung. Nicht schön anzuschauen. Ein etwa sechsjähriger Bub sieht das anders. Er ist fasziniert von diesem Gestell auf Rädern, mit dem sich der Mann mühevoll voranschiebt. Er zieht seine Mutter zielstrebig zum Rollator und spricht den Mann vollkommen unbekümmert an: „Was hast du da? Was ist das für ein Gestell?“ Die Mutter des Buben ist gerade dabei, im Boden zu versinken, als der Kleine noch nachlegt: „Da vorne drauf kann man sicher sitzen, oder?“ Die Mutter versinkt im Boden. Doch der betagte Herr antwortet ganz erfreut: „Ja da vorne kann man sitzen“, und legt dann seinerseits nach: „Rauf mit dir, junger Mann, ich nehme dich ein Stück mit!“ Langsam, aber glücklich, nimmt das ungleiche Gespann „Fahrt“ auf. Die Mutter zappelt unsicher daneben her.

Der Umgang mit alten Menschen: kinderleicht, aber erwachsenenschwer.

Antworten

Nein, mir wurde der Führerschein nicht abgenommen, ich habe ihn noch. Ja, nur noch mit öffentlichen Verkehrsmitteln zu fahren mache ich freiwillig. Nein, mein Auto wurde nicht von der Bank eingezogen, weil ich die Leasing-Raten nicht bezahlt habe. Ja, ich habe es aus freien Stücken verkauft. Nein, ich bin nicht irgendwo angerannt. Ja, ich habe mir das gut überlegt. Nein, ich bin jetzt keine dumme Öko-Schnepfe. Ja, ich werde auch weiterhin ganz „normal“ sein. Nein, ich glaube nicht, dass ich die Welt retten werde, weil ich mein Auto verkauft habe. Ja, es ist ein großer Schritt. Nein, ich hasse Autos nicht. Ja, natürlich werde ich auch weiterhin mit anderen mitfahren oder in ein Taxi steigen. Nein, ich fühle mich ohne Auto nicht „verloren“. Ja, es gibt Alternativen. Nein, e-mobility (Elektro-Mobilität) ist für mich nicht der Weisheit letzter Schluss. Ja, kombinierte bzw. i-mobility (intelligente Mobilität) finde ich gut. Nein, es muss nicht jeder sein Auto verkaufen. Ja, es ist erlaubt, die eigene Mobilität zu überdenken.

Eva Schlegl

geboren am 15. Dezember 1968 in Graz, ist studierte Deutsche Philologin und Medienwissenschafterin. Sie heuerte bereits während des Studiums bei der Kleinen Zeitung in Graz an, wo sie in der Folge zehn Jahre als Journalistin tätig war. Nach der Geburt ihrer Tochter folgte der Weg in die Selbstständigkeit.

Eva Schlegl arbeitet als freie Journalistin, Texterin und PR-Expertin.

Sie lebt in Gleisdorf, östlich von Graz.

Weitere Infos und Anfragen: eva.schlegl@aon.at